BIOGRAPHIE

DE

FLORA TRISTAN.

BIOGRAPHIE

DE

FLORA TRISTAN,

PAR

Mme Eléonore Blanc.

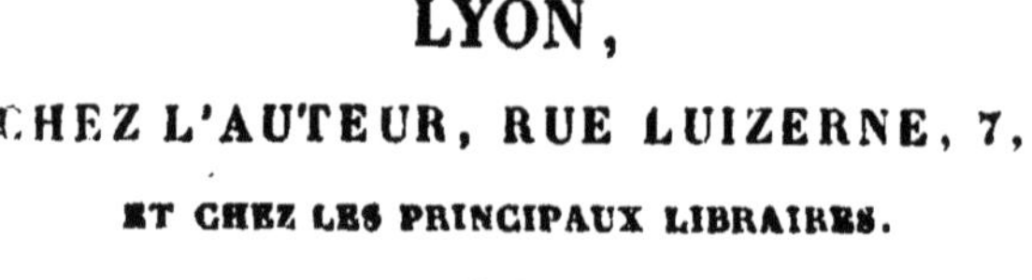

LYON,

CHEZ L'AUTEUR, RUE LUIZERNE, 7,

ET CHEZ LES PRINCIPAUX LIBRAIRES.

1845.

AUX OUVRIERS.

Ouvriers, mes frères, c'est pour vous que j'ai écrit cette petite biographie de Flora Tristan. Permettez-moi de vous la dédier. Vous aimiez et vous honoriez dignement cette noble et généreuse femme, j'ai donc lieu d'espérer que vous accueillerez avec bienveillance et sympathie les pages qui vous retraceront les faits principaux de son existence si utile et si laborieuse. Contrairement à l'usage, je suis entrée dans quelques détails qui ne se rattachent pas essentiellement aux diverses circonstances de la vie de Flora Tristan; mais j'ai été guidée par la pensée de vous faire aimer surtout son œuvre, et j'ai voulu joindre ma voix à celle qu'elle vous faisait entendre il y a peu de temps encore, afin de vous encourager à suivre la route qu'elle est venue vous tracer.

—

Flora Tristan fit de bonne heure l'apprentissage de la vie, et ce fut à une rude école, celle du malheur. Bien jeune encore, elle fut placée dans des voies difficiles qui devaient la conduire à l'accomplissement de grandes choses. Son éducation, sa position sociale, les événements qui surgirent, tout concourut à en faire un être hors ligne. Mais pour que ses facultés se développassent, pour qu'elle pût se révéler et accomplir la mission que Dieu lui avait départie, il fallait, nous n'en saurions douter, le concours de toutes ces circonstances. D'un caractère noble, fier et indépendant, elle a senti le besoin de protester hautement contre l'oppression et la tyrannie, contre le mépris dont la société accable les victimes que ses préjugés lui immolent. Beaucoup de femmes ont souffert de tous ces maux, mais beaucoup ont souffert sans se plaindre, se soumettant fatalement à la loi imposée. Plus forte et plus grande, elle a crié injustice à ceux qui lancent l'anathème, à ceux qui sanctionnent et qui perpétuent l'iniquité. Seule ou presque seule, elle s'est placée au poste le plus périlleux, bien résolue à ne pas reculer et présentant toujours sa face à l'ennemi terrible qu'elle voulait combattre, la société dans son organisation injuste et mauvaise. Oh ! il faut en effet être bien fort et bien grand pour venir protester ainsi contre cette puissance formidable. Pour la victime qui se dévoue la vie est un douloureux martyre et son courage est d'autant plus grand qu'elle a sondé d'abord toutes les profondeurs de l'abîme; elle sait d'avance à quels nombreux écueils elle viendra se heurter; avant d'accepter la lutte, elle a bien compris la puissance et la force de son ennemi; elle sait bien qu'elle marche au sacrifice; mais, sentinelle avancée du progrès, apôtre d'une réforme, elle va toujours en avant. Elle a la conscience de son devoir ou de sa mission, et sa conviction est sainte, inébranlable et bien au dessus de ses craintes. Quand elle succombera, elle aura combattu et elle laissera à d'autres, avec un exemple à suivre, l'espérance de la victoire.

Flora Tristan était fille d'un Péruvien et d'une Française émigrée en Espagne. Don

Mariano de Tristan se borna à donner à son mariage la consécration religieuse; elle fut faite par un vieux prêtre français et émigré; c'était à l'époque de la guerre d'Espagne, et les troubles qui avaient éclaté dans ces contrées empêchèrent que cette union fût sanctionnée par la loi. Quelque temps après les deux époux se rendirent à Paris, et ce fut dans cette ville que Flora Tristan vint au monde le 7 avril 1803. Elle avait quatre ans lorsque don Mariano de Tristan, son père, qui était colonel au service du roi d'Espagne, mourut subitement sans avoir fait régulariser son mariage et sans laisser de testament. Sa mère, qui n'avait que de très minces revenus, se retira à la campagne avec ses deux enfants. La mort de son fils la détermina à revenir habiter Paris. Flora Tristan avait alors quinze ans. Issue de parents nobles, elle fut élevée d'abord avec tous les préjugés de caste qui avaient à cette époque conservé encore de leur prestige. La supériorité de son intelligence, la fermeté de son caractère qui se révélèrent de très bonne heure, enfin sa beauté, tout concourut à l'habituer à exercer une grande influence sur ceux qui l'entouraient. Tous lui témoignaient de l'amour et du respect; aussi inspirer ces sentiments, c'était pour elle un besoin; mais ce fut la préparation à de plus grandes souffrances pour l'avenir.

Les circonstances du mariage de don Mariano ravirent à sa veuve la fortune qu'elle aurait dû posséder. Je n'appellerai point ces circonstances fatales, car elles poussèrent Flora Tristan dans la voie qu'elle devait parcourir. Si, entourée d'amis dévoués, elle eût vécu toujours heureuse, jamais peut-être elle n'eût compris les souffrances des travailleurs et des femmes, et elle n'eût jamais songé à les plaindre, ni par conséquent à les instruire.

Flora Tristan avait seize ans et demi lorsqu'elle fut mariée à un homme qu'elle ne pouvait aimer. Cette union fut une contrainte Elle subit pendant trois ans cette existence si douloureuse ; puis enfin, ne pouvant la supporter plus longtemps, elle résolut de rompre sa chaîne. Ce qu'elle eut à souffrir pendant les premières années qui suivirent cette rupture, je ne saurais le dire : il est de ces douleurs que l'âme et Dieu peuvent seuls comprendre, et pour elle l'épreuve fut d'autant plus difficile à soutenir qu'elle était encore imbue des préjugés qui dominent la société. Habituée à recevoir de tous des témoignages de respect, ceux-ci étaient pour elle un besoin, et il lui fallut y renoncer ; sa propre estime dût lui suffire.

Elle avait agi avec une franchise et une dignité réelles, et la foule, froide et égoïste, la repoussait de son sein. Désormais il lui fallait vivre dans le mystère, cacher à tous les yeux sa position véritable, sous peine d'entendre le blâme et l'injure éclater à son approche. La contrainte, la violence et l'oppression, voilà ce que la femme doit appeler justice, voilà à quoi elle doit se soumettre pour toute la durée de sa vie. Si elle accepte le lot qui lui est fait, on se contentera de la regarder comme un être faible, léger et incapable de grandes conceptions; si elle proteste énergiquement contre tant d'injustices, on lui criera qu'elle est une infâme, on se détournera d'elle avec mépris. La contrainte, la violence et l'oppression, c'est la justice des forts; et si elle est imposée aux femmes par tous les hommes, elle est imposée aussi à tous les prolétaires par les privilégiés. Le moteur de toutes choses dans l'organisation et dans le gouvernement prend sa source dans une telle justice : *imposer*, voilà la formule sacramentelle qui *justifie* et qui *sanctifie* tous les actes. Hélas! si encore ceux ployés sous un même joug sympathisaient à leurs malheurs communs, ils pourraient unir non pas seulement leurs plaintes inutiles, mais leurs courageux efforts: ils pourraient travailler chacun à l'affranchissement commun.

On a l'exemple de ce que peuvent une volonté ferme et des efforts réunis, et souvent on a vu une petite minorité éteindre des masses, s'imposer à elles. Cette puissance magique prend sa source dans la persévérance et dans la centralisation des efforts pour un même et unique but. Cela a été dit bien souvent au peuple ; il sait que telle est la vérité, et pourtant il persiste à se défier de la puissance des moyens qu'on lui indique, se contentant de souffrir et de se plaindre tout bas. Pour les femmes, ni elles ne se défient, ni elles n'espèrent ; elles gémissent en secret, sentant leur état de souffrance, mais ne voulant pas en rechercher les causes, voulant encore moins s'enquérir des moyens d'y échapper. La souffrance sert puissamment à développer l'intelligence; mais il faut aussi, pour qu'elle instruise, que l'on soit sorti de ce premier état d'ignorance qui paralyse toutes les facultés. Il est pourtant des hommes qui osent prétendre encore aujourd'hui que le peuple n'a pas besoin de s'instruire. Il est créé pour le travail, disent-ils, et aussi pour la souffrance ; qu'il travaille et qu'il souffre donc ; et ils vont jusqu'à *sanctifier* l'ignorance en inculquant dans la pensée de ceux qui les croient qu'il y a *péril* à posséder trop de science. Oh ! oui, il y a péril, mais pour leur puissance tyrannique. Le despotisme ne serait plus sûrement assis ; que dis-je ? il croulerait dès que les peuples auraient déchiré ce voile qui les enveloppe. Ce n'est pas *le peuple* qui est créé pour travailler, *c'est l'homme* ; le travail est la loi la plus sainte et la plus juste ; mais elle est loi *pour tous ;* nul n'a le droit de la violer ; et combien se l'arrogent pourtant ce droit ! Mais ériger la souffrance comme une loi éternelle, c'est blasphémer, c'est être impie.....

Chez les femmes du peuple, en général, l'ignorance est si grande, qu'elle est là cause de cet état d'inertie (quant à ce qui concerne leur position dans la société) dans lequel leur vie s'écoule. Avant de réclamer *pour elles*, les femmes doivent comprendre qu'elles sont la *moitié* du *corps social*. Le peuple, lui non plus, avant 89, n'avait pas la conscience de son être; il se croyait une créature inférieure à ces puissants seigneurs qui l'opprimaient; il s'humiliait devant leur insolence superbe. Mais quand le sentiment de sa dignité lui a été révélé, il a quitté sa livrée d'esclave, car il avait compris qu'il était l'égal de tous devant Dieu.

Obligée pendant un certain temps de voyager pour éviter des persécutions suggérées par une haine violente et implacable, Flora Tristan parcourut plusieurs villes comme une bannie, et dans ses excursions, ainsi qu'elle le raconte elle-même dans ses mémoires, elle fut plus d'une fois arrêtée pour la duchesse de Berry qui parcourait alors la Vendée, et elle dut à ses longs cheveux et à ses yeux noirs (qui n'avaient aucun rapport avec le signalement donné) d'être mise en liberté sans de trop longues enquêtes. Ne pouvant supporter plus longtemps une telle existence, elle revint à Paris et résolut d'aller auprès de sa famille paternelle qui habitait alors Aréquipa, province de l'Amérique espagnole, y jouissait d'une immense fortune et y exerçait une très grande influence.

Depuis quatre ans, Flora Tristan était entrée en relations avec ses parents du Pérou ; elle avait lieu d'espérer d'eux une protection puissante et des secours qui eussent amélioré sa position. Ayant rencontré à Angoulême une personne qui lui promit de la remplacer auprès de sa fille si ce long et pénible voyage devait avoir une issue fatale, elle se rendit à Bordeaux vers la fin de janvier 1833, afin de s'y embarquer pour le Pérou. Elle attendit pendant deux mois dans cette ville qu'un navire mît à la voile, elle passait toutes ses journées chez son cousin, M. de Goyenèche, vieillard célibataire et riche à plusieurs millions.

Sachant bien qu'en révélant sa position de *femme révoltée* elle soulèverait partout des répulsions, des inimitiés, elle s'était présentée à son cousin ainsi qu'à toute sa famille comme *demoiselle*. Bien des fois elle fut tentée de dire toute la vérité à M. de Goyenèche et de lui demander les secours et la protection qu'elle allait chercher si loin; mais l'air froid et égoïste de son vieux parent retenait toujours une confidence prête à lui échapper..... Elle quitta Bordeaux gardant son secret. Une fois sur le navire qui l'emportait si loin de sa fille, objet de toutes ses affections, elle eut un violent accès de désespoir. Hélas! c'était un adieu bien solennel qu'elle lui adressait; elle tremblait de ne la revoir jamais! Après bien des craintes et de vives souffrances (1), Flora Tristan arriva à sa destination. Elle fut d'abord bien reçue par toute sa famille; mais lorsqu'elle voulut réclamer une partie de ce qui lui était dû dans la succession, comme fille de Mariano, cela lui fut formellement refusé. Malheureusement elle avait, au moment de commencer son voyage,

---

(1) Voir pour plus de détails ses *Mémoires* ou *Pérégrinations d'une Paria*, publiés en 1838.

écrit une lettre à son oncle don Pio de Tristan, lettre par laquelle elle lui apprenait qu'une mort prématurée n'avait pas permis à son père de mettre ordre à ses affaires. Cet aveu était une preuve de la noblesse de son caractère; mais il était aussi sa condamnation par-devant la loi que son oncle eût invoquée au besoin. On la plaignit de ce qu'elle était victime d'une négligence qui avait des conséquences si fatales; mais on aima mieux la plaindre que de lui faire justice. Ne trouvant donc dans cette famille, qu'elle s'était habituée à chérir, qu'égoïsme et injustice, elle se disposa à revenir en France. Ce fut le 15 juillet 1834 qu'elle s'embarqua à bord du *William-Rusthon*. De retour à Paris, elle résolut de révéler au monde, et dans un but utile, les poignantes douleurs qui l'abreuvaient. Sa première publication fut une petite brochure intitulée : *De la Nécessité de faire un bon accueil aux Femmes étrangères*. Déjà elle était guidée par la pensée de remédier à des souffrances. Elle voyait le mal dans l'individualisme, elle voulut essayer de le vaincre en rendant les individus solidaires, en les unissant par une même volonté, afin qu'ils accomplissent une action utile. Alors sa pensée était restreinte encore dans de certaines limites. Elle a compris les souffrances de la femme isolée au milieu de cette société qui s'agite et s'émeut autour d'elle sans *s'inquiéter d'elle*. C'est d'abord pour la femme qu'elle écrit ; ce sont ses souffrances qu'elle révèle. Toutefois elle ne s'arrêtera pas là ; son esprit si vaste, son cœur si riche de tant d'amour sauront bientôt embrasser tout le monde des souffrants. C'est son point de départ ; suivons-la dans la route qu'elle parcourt. A cette première publication succède, en 1838, celle des *Pérégrinations*. Traitée par le monde comme une *paria*, Flora Tristan accepte ce nom et s'en fait un titre.... Dans ces quelques pages de sa vie qu'elle décrit, on voit quel espace elle a parcouru, combien déjà ses vues sont plus larges, ses conceptions plus vastes et mieux développées. Elle sait rendre les impressions de son âme si forte et fait passer dans ses écrits l'énergie puissante qui la caractérise. Le tableau qu'elle trace des mœurs des habitants de ces contrées qu'elle vient de visiter est plein de vérité. Les faits qu'elle cite sont représentés avec justesse et vigueur, et on admire surtout sa franchise si grande et si courageuse.

Peu de temps après la publication de cet

ouvrage, Flora Tristan fut conduite aux portes du tombeau ; vers la fin de 1838 une balle homicide vint la frapper près de sa demeure. Celui qui n'avait pu la retenir esclave voulut la tuer. Il faut à la société de grands, de terribles exemples pour l'aider à sortir des vieux sentiers dans lesquels elle se traîne. Il faut attaquer la loi en face et tout haut pour que de nouveaux législateurs viennent refaire la loi. On la transgresse à chaque heure, mais dans le silence, et le vieux monde reste debout, cachant à tous les yeux ses blessures, sous le manteau dont il s'enveloppe, et jetant les mots de dépravation qu'il a appris à bégayer depuis si longtemps, pour faire croire à sa moralité. — L'avenir glorifiera les victimes que le présent condamne. Heureux ceux qui, animés d'une foi vive savent se dévouer au martyre pour faire prévaloir la religion nouvelle.

Grâce aux soins affectueux et dévoués dont elle fut l'objet, et grâce aussi à son courage si grand et si calme, Flora Tristan fut sauvée. Cette fois sa liberté était chèrement acquise, mais elle la possédait enfin, c'était au risque de son existence qu'elle l'avait achetée... Tant et de si rudes épreuves devaient produire de grandes choses. A peine revenue à la vie, elle présente aux chambres une pétition pour demander l'*abolition de la peine de mort.* Cet acte eut alors une bien grande signification, car c'est après avoir été victime d'un attentat homicide qu'elle demande l'abolition d'une loi qui punit le crime par l'*action même du crime.* — Quelque temps auparavant, Flora Tristan avait présenté une autre pétition tendant à demander le *rétablissement du divorce*. Ces deux pétitions furent imprimées; elles contiennent des renseignements très instructifs.

Ce fut à la fin de cette même année (1838) que Flora Tristan publia *Méphis*. Ce livre est écrit dans un but tout philosophique. L'auteur, en se donnant cette tâche, a moins voulu raconter avec art et élégance toutes les péripéties d'un drame que répandre des pensées bien nouvelles et qui sont un enseignement profond. « *L'esprit et la chair sont également saints*, » est-il dit dans ce livre. Ces paroles ou la révélation qu'elles expriment avaient été apportées au monde par des hommes qui avaient prêché à une époque antérieure la réhabilitation du travail et l'émancipation de la femme. Cette pensée se présenta à Flora Tristan comme l'un des points fondamentaux d'une loi, d'une religion nouvelle, et elle entreprit de la développer. Il y a dans *Méphis* des idées sublimes, mais qui ne sont peut-être compréhensibles que pour ceux qui ont fait déjà des études de réorganisation *morale*. Enfin je dois ajouter que bien qu'après lecture faite de ce livre il paraisse achevé, l'auteur ne l'avait pas *fini* et n'attendait que quelques instants de loisir pour compléter son ouvrage.

C'est surtout à partir de cette époque que Flora Tristan s'occupa particulièrement des idées qu'elle a développées depuis. Elle sentit mieux qu'elle ne l'avait fait jusqu'à ce jour les misères qui accablent tant de créatures, et elle résolut dès lors de dévouer sa vie à ceux qui souffrent, de leur adresser des paroles de consolation et d'amour. Elle avait souffert de tous les vices d'une organisation sociale qui *tue* chaque jour ceux de ses membres les plus actifs; ce n'étaient plus seulement la souffrance et l'abjection de la femme opprimée qu'elle déplorait, c'étaient celles de *tous;* car elle avait compris les douleurs de cette foule de *parias* qui *fait tout*, qui *est tout* en réalité (bien que l'on feigne de ne pas vouloir le reconnaître), et qui ne possède rien, qui n'a pour tout droit que celui d'être victime misérable. Mais elle sentit aussi que si le mal était grand, il ne pouvait être éternel ; que si l'injustice et l'iniquité avaient prévalu bien longtemps, l'époque de la délivrance approchait. Aider le peuple à se relever de l'abaissement dans lequel il est plongé depuis si longtemps, lui faire espérer un avenir meilleur afin qu'il travaille de toutes ses forces, avec tout son courage, à le réaliser ; ce fut à quoi elle se prépara par de longues et consciencieuses études sur les questions philosophiques, sociales et religieuses qui se traitaient et qui se traitent encore chaque jour.

Pendant bien longtemps le peuple n'avait vu les améliorations que dans les révolutions; par elles seules il avait espéré son salut. Toujours trop peu instruit et ne profitant pas des leçons du passé, il s'imaginait chaque fois qu'en renversant ce qui était mal, il avait détruit le principe du mal; il ne s'occupait pas de faire prévaloir ce qui eût été bien; il ne savait pas que les vices qu'il avait punis tout à l'heure allaient reparaître aussi hideux, aussi puissants, l'instant d'après; il pensait que la leçon qu'il venait de donner serait profitable, et, son œuvre de destruction achevée, il quittait le combat et espérait que le lendemain serait le commencement de cet avenir heureux qu'il croyait avoir conquis.

Hélas ! victime bien des fois, il est tombé dans une sorte d'inertie qui n'est pas de la résignation, mais du découragement ; c'est une torpeur qui l'enveloppe tout entier. Il faut la combattre. La misère qui poursuit les classes laborieuses est à son plus haut point. Le mal est profond, mais son excès lui-même forcera ceux qu'il accable à le vaincre. Jamais le nombre de ceux qui ont réclamé des améliorations n'a été si grand ; jamais leur voix n'a été si éloquente et si forte. N'est-ce pas là pour le peuple un grand encouragement ? et ne comprend-il pas aujourd'hui que pour que la victoire ne lui échappe plus il faut qu'il s'occupe d'organiser d'abord ? Voilà le grand secret de ses défaites ; voilà pourquoi il fut toujours vaineu quand la victoire était avec lui. Le toit sous lequel vous vivez est lézardé, le froid et la pluie percent les murailles; mais si, irrités et impatients, vous démolissez ce vieux bâtiment avant d'en avoir élevé un autre salubre et solide, vous êtes bien plus encore à la merci des intempéries, et si la porte d'un cachot s'offre à vos regards, vous n'en mesurez ni la profondeur ni la nuit qui l'enveloppe et vous êtes toujours esclaves et plus malheureux.

Les questions d'organisation du travail ou du *droit au travail* sont dans toutes les bouches, et se trouvent traitées dans tous les écrits. Les projets d'association ou *d'union* germent dans toutes les têtes. L'individualisme tue la société; en présence de tous ces éléments de mort, on comprend la solidarité. De toutes parts on dit au peuple qu'il réclame son *droit de vie;* qu'il proteste contre l'injustice dont il est victime (1). Ce ne sont plus des plaintes isolées qu'il doit faire entendre. Tout le peuple souffre, que tout le peuple s'unisse donc pour se plaindre. Quand de ses millions de voix il poussera un long cri de détresse, on ne pourra plus rester sourd à ses accents formidables; il faudra bien alors qu'on lui réponde par une parole de salut ou bien par une sentence de mort; et qui l'oserait?...

Pour parler au peuple, il faut le connaître. Flora Tristan voulait lui parler, elle dût l'étudier; et ses études ne se bornèrent pas

---

(1) Par une lettre circulaire adressée à la *Réforme* et que tous les journaux organes de la démocratie se sont empressés de publier, M. Ledru Rollin engage le peuple à *pétitionner,* et des pétitions sont distribuées aux travailleurs de toutes les villes de France.

à une localité, à une nation. Elle avait parcouru l'Angleterre diverses fois; en 1839, elle y fit un quatrième et dernier voyage. Plus encore qu'aux précédents, elle voulait tout connaître, tout observer, et elle vit tout ce que cette nation renferme de plaies hideuses et profondes, partagée entre une aristocratie toute puissante et un peuple d'esclaves. De retour en France, elle écrivit ce qu'elle avait vu et les impressions qu'elle avait éprouvées en face d'un spectacle si douloureux. Cet ouvrage, qui a pour titre *Promenades dans Londres*, parut en mai 1840. Il est écrit avec une vigueur remarquable, et il est une des plus énergiques protestations qui aient été faites contre une tyrannie inhumaine en faveur d'infortunes réelles et profondes. Flora Tristan *s'est fait peuple* cette fois. Elle s'est initiée à toutes ses douleurs, à toute son abjection; elle a senti l'infamie des humiliations qu'il accepte. Son cœur a tressailli douloureusement, des larmes amères ont mouillé ses yeux, et ce qu'elle a écrit est une reproduction saisissante et fidèle de ce drame dont elle a été le témoin. Ce livre a été la révélation de la femme de dévoûment, celle de l'*apôtre de l'union*.

En novembre 1842, elle en fit une seconde édition, édition populaire à laquelle elle ajouta une dédicace aux ouvriers, dédicace remarquable surtout par les sentiments fraternels qui l'ont dictée. On y trouve le germe de ces pensées *d'unité* qu'elle développera mieux encore. Flora Tristan marche à grands pas dans cette voie qu'elle doit parcourir, et se révèle toujours plus à ceux dont elle veut être le défenseur. Elle est certaine du bonheur des peuples quand les limites d'un territoire ne s'élèveront plus entre eux comme des barrières opposées à la fraternité et à l'amour. C'est *l'union de tous* qui fera le bonheur *pour tous*. Qu'importe sous quel ciel Dieu nous a fait naître. Le peuple anglais est en proie à la plus affreuse misère ; Flora Tristan nous indique les causes qui l'y ont plongé, afin que nous sachions les éviter ; elle nous conseille en attendant qu'elle vienne nous conduire dans la voie du salut.—La voyez-vous, cette fière Angleterre, cette nation si grande, si riche en apparence, si ambitieuse en réalité, aux prises avec la destruction? L'esprit de mort est dans son sein; elle veut concentrer en elle seule toute la puissance, toute l'industrie, et c'est le désordre qui germe de toutes parts ; l'anarchie couve, s'étend et se développe avec une rapidité extrême, et un jour elle éclatera terrible, destructrice ; et toute cette puissance qui n'est que superficielle, s'écroulera au premier choc. On s'y attend et personne ne serait étonné que l'étincelle s'allumât et qu'elle embrasât ce vaste royaume.

Depuis plusieurs années, Flora Tristan méditait un projet d'amélioration, *un moyen*, comme elle le disait elle-même, pour arriver à une organisation sociale mieux en harmonie avec les besoins de l'époque actuelle. C'est alors qu'elle formula ce projet *d'union* pour *tous lès ouvriers* et *toutes les ouvrières*, dans son petit livre : *Union ouvrière*, qui a été sa dernière publication (1). Comme le

---

(1) Cette petite brochure a été tirée à 25,000 exemplaires.

dit le journal *l'Union*, du mois de décembre 1844, dans un article consacré à cette noble femme : « *Cette œuvre est moins un écrit qu'une action.* » Le style de ce livre est simple et élevé, et la plus grande louange qui puisse en être faite, c'est qu'il a été écrit pour l'émancipation morale et matérielle de *tous les prolétaires*, hommes et femmes, et qu'il a valu à son auteur l'amour du peuple en échange de celui qu'il lui avait voué.

Mais pour Flora Tristan, ce n'était point assez d'écrire pour le peuple, elle voulut *écrire* et *parler*; je l'ai dit déjà.

Aussi courageuse que dévouée, elle prend le bâton du voyageur, dit adieu à tous ceux qu'elle aime, et, son petit livre à la main, va parcourir la France, s'arrêtant dans chaque ville, instruisant partout, et portant à tous des paroles d'espérance et d'amour. Avec ceux qui souffrent, elle déplore le mal qu'ils endurent; sa présence, au milieu d'eux leur prouve bien qu'elle s'est initiée à leur vie de douleur, puis elle leur indique un moyen pour sortir d'une situation si déplorable; elle veut les bien convaincre de ce qu'ils peuvent par la force qu'ils possèdent (celle de leur nombre), et elle cherche à leur communiquer cette volonté énergique dont elle est animée.

Nous avons vu plusieurs fois Flora Tristan assise au milieu de ces réunions d'hommes et de femmes attentifs, parcourant son auditoire du regard, s'inspirant de lui, afin de lui tenir le langage qu'il saurait le mieux comprendre. Elle parlait avec assurance et vivacité; son visage si beau et si imposant reflétait les émotions de son âme; il y avait en elle une puissance de volonté si grande qu'elle communiquait sa foi à ceux qui l'écoutaient ; ne s'écartant jamais d'une logique sévère, elle voulait *convaincre* par la vérité et non pas *séduire* par l'élégance des formes qu'elle aurait pu donner à son langage. Enfin ce n'était pas comme orateur mais comme amie qu'elle se présentait aux ouvriers ; et le peuple qui sait comprendre ce langage a aimé et compris Flora Tristan.

« Vous sentez bien, disait-elle à ses auditeurs, que votre ignorance et votre indifférence sont les causes des maux que vous souffrez. Surmontez-les toutes deux, instruisez-vous, aimez-vous ; que chacun, en agissant pour soi, pense à la grande famille des travailleurs. Il faut bien soulager les infortunes isolées; mais il faut surtout s'appliquer à guérir celles qui menacent de tout envahir. Et vraiment la misère, pour la plupart d'entre vous, n'est plus une menace, elle est un fait accompli aujourd'hui. J'étais seule, moi, et j'ai marché pourtant. Vous voyez ce que peuvent une ferme volonté et beaucoup de dévoûment. Vous savez bien qu'en restant isolés, vous ne pouvez rien pour vous-mêmes, et vous convenez qu'en agissant tous ensemble, vous pourriez vous sauver tous. Eh bien! soyez conséquents avec vos paroles, agissez, faites de la pratique. Vous vous récriez souvent, et vous avez raison de le faire, contre ceux qui émettent de belles théories et qui, une fois placés comme ils le désiraient, oublient leurs doctrines d'hier, les nient quelquefois. Mais ces hommes qui n'ont acquis la position qu'ils occupent qu'en s'engageant d'abord à défendre les intérêts populaires, sont conséquents avec leurs sentiments égoïstes et personnels; car s'ils doivent promettre beaucoup pour arriver, ils doivent aussi ne rien tenir s'ils veulent rester où ils sont. Si vous n'exhalez que des plaintes, vous êtes coupables; vos soupirs n'ont pas de puissance, et vous êtes toujours plus malheureux, car vos liens se resserrent davantage. Il faut bien des paroles pour vous instruire; mais il faut surtout des efforts pour briser vos chaînes. Ayez donc courage et bonne volonté, et vous réussirez. En ne manifestant toujours que du découragement, ceux qui veulent vous servir se lasseraient à leur tour; ils n'auraient plus qu'à se retirer de vous et à verser des larmes bien amères, et aussi bien inutiles sur votre sort présent et à venir. »

Flora Tristan savait bien qu'elle avait à

combattre un abattement profond qui avait gagné les masses ; et pour le vaincre, ce mal si grand, elle devait être vraie. Ce n'est pas en flattant que l'on peut rendre meilleur. Le peuple a besoin de *mentors* et non pas de *flatteurs*. Ceux qui manquent de qualités réelles veulent être flattés ; mais ceux qui ont quelque valeur savent bien se passer d'adulations, leur propre mérite leur suffit. Aujourd'hui que le peuple comprend sa dignité d'*homme libre*, il faut l'entretenir de ses droits et de ses devoirs d'*homme libre*, et non de sa taille qui a grandi, de la force et de la souplesse de ses membres qui se sont développés depuis qu'*il est libre*.

L'humanité progresse incessamment, mais lentement. La loi du progrès est éternelle, on ne saurait le nier. Il y a des temps où la course est rapide ; une époque de repos leur succède, c'est celle de la méditation; c'est la recherche de grands travaux à accomplir. En s'essayant à une nouvelle œuvre, elle paraît difficile; quelquefois on la croit impossible; mais avec de la persévérance et une volonté ferme on en vient à bout. L'enfant qui veut subitement marcher, tombe et se blesse aux premiers pas qu'il fait. Alors il est craintif, il pleure; le sentiment ou l'instinct de sa faiblesse le domine pour un certain temps. Peu à peu ses forces s'accroissent, et un jour, plus prudent et plus sûr, il renouvelle l'épreuve; cette fois il peut se soutenir. Il a grandi, il court, son corps et son âme se sont développés par l'action de la nature, et aussi par les soins que lui ont donnés ceux qui l'aimaient. Enfin, il est devenu un être utile, actif et intelligent. — Le peuple a fait lui aussi plusieurs chutes; il s'est relevé blessé et découragé. Faut-il pour cela qu'il reste dans un état de complète et dangereuse inaction? Non, mille fois non, car il succomberait bientôt victime de ses terreurs et de son désespoir.

Ouvriers, vous dites souvent : « Nous avons été trompés tant de fois que nous ne pouvons plus espérer. » — Oui, vous avez été trompés et déçus bien des fois; c'est qu'alors vous ne connaissiez qu'une seule route à parcourir, route dangereuse et qui ne vous mena qu'à une victoire toujours passagère, car vous ignoriez les moyens de la conserver. Mais vous les connaissez aujourd'hui, vous possédez dans *ses détails* cette science de vos droits et des réformes à opérer qui sont la base de l'œuvre régénératrice, qui sont l'œuvre elle-même tout entière. Reprenez donc confiance, ayez la volonté d'échapper au mal qui vous accable. Quand, après une éclatante victoire, une armée éprouve un ou plusieurs échecs réitérés, regarde-t-elle la terre arrosée de sang et jonchée de cadavres? Reste-t-elle à pleurer sur les victimes et sur sa mauvaise fortune ? Non, n'est-ce pas? Elle puise, au contraire, de nouvelles forces dans l'excès même de son malheur ; elle s'arme d'un nouveau courage, afin de réparer des défaites et de reconquérir quelques lignes d'un territoire qui n'est à aucun et qui appartient à tous, puisqu'il n'est qu'à Dieu. N'auriez-vous donc pas, pour l'action la plus sainte et la plus sacrée, celle de réclamer votre *droit de vivre*, le même courage que possèdent quelques hommes pour accomplir une action qui est aussi spoliatrice si elle est glorieuse? Vous aussi vous devez être des conquérants, mais des conquérants pacifiques; animez-vous donc de l'ardeur et de la volonté ferme qui soutiennent ceux qui vont subjuguer des villes, et vous serez d'autant plus sûrs de la victoire, que c'est un sentiment de justice, de fraternité et d'amour qui vous anime et vous guide.

Le projet de notre voyageuse-apôtre était de visiter toutes les villes qui forment *le tour de France* du compagnonnage. — Partie de Paris le 12 avril, elle avait commencé par Auxerre, Dijon, Chalon, Mâcon, puis Lyon, où elle s'arrêta deux mois entiers à cause de l'immense population ouvrière qui habite cette industrieuse cité. C'est dans cette ville qu'elle fit paraître la troisième édition de son petit livre l'*Union ouvrière*. Elle continua ensuite son pèlerinage par Avignon, Marseille et toutes les grandes villes du midi.

Après avoir visité et instruit les ouvriers de chacune des villes qu'elle parcourait, laissant dans leur cœur une reconnaissance bien vive, leur laissant surtout cette volonté ferme de s'instruire les uns les autres et de travailler au bonheur de tous en travaillant au leur propre, Flora Tristan était au terme que Dieu avait assigné à ses travaux, aussi forte moralement qu'elle l'avait été à son début. Les fatigues d'un semblable voyage, durant les chaleurs de l'été, affaiblirent plus d'une fois ses forces physiques sans lasser jamais son indomptable courage. Elle arriva à Bordeaux le 26 septembre, et ce fut le lendemain qu'elle fut atteinte du mal qui devait la conduire au tombeau.

Dès les premiers jours de sa maladie, il fut constaté que c'était une congestion cérébrale des plus graves. La tête était le siége principal des souffrances, et le corps aussi était en proie aux douleurs les plus vives. On ne soupçonna pas tout d'abord les conséquences fatales qui devaient en résulter ; car dans ce genre de maladies ordinairement on perd de suite l'usage des facultés intellectuelles, et les siennes ne furent nullement atteintes pendant les huit premiers jours. Elle causait, au contraire, de ses projets et de ses espérances avec une énergie extraordinaire, avec un sens parfait et que l'on n'eût pas attendu tel d'une personne dans son état. Il y avait en elle une surabondance d'activité et de force morale si grande, que ceux qui l'entouraient ne pouvaient prévoir que la vie allait l'abandonner.

Pendant le séjour de Flora Tristan à Lyon, j'avais eu occasion de la voir et de l'entendre pour la première fois. Dès ce moment je sentis naître en moi un vif et profond attachement pour cette noble et courageuse femme, et elle me donna à son tour des témoignages d'une affection qui m'était bien précieuse et bien chère.

Informée de sa maladie, je pus, avec l'aide d'amis bien dévoués, me rendre auprès d'elle, et j'arrivai le 12 octobre à Bordeaux. Pendant ces quelques jours d'intervalle, entre les nouvelles que j'avais reçues et mon arrivée, le mal avait fait de rapides progrès. Je la trouvai dans un état de bien grande faiblesse tant morale que physique; c'était un anéantissement presque complet; son corps restait sans mouvement, et elle ne prononçait quelques paroles qu'à des intervalles fort éloignés et avec beaucoup de peine.

Pendant dix jours le mal ne semblait ni

augmenter ni rien perdre de sa violence. Je ne partageai point la sécurité de ceux qui la voyaient depuis le commencement de sa maladie ; je désespérai aussitôt. Je l'avais vue trois mois auparavant si forte, si active, et en la retrouvant dans cet état de faiblesse, je ne pouvais concevoir aucune espérance. Cet engourdissement moral sous lequel je la voyais plongée, m'effrayait plus encore que les violentes douleurs qu'elle endurait. Il me semblait que cette nature si ardente ne pouvait perdre de sa force que lorsque la mort l'envelopperait. Hélas ! mes prévisions si douloureuses devaient s'accomplir ; ses souffrances n'ont cessé qu'avec sa vie. Mais avant de nous quitter, elle devait retrouver quelques instants d'énergie ; son si noble cœur devait se ranimer à des tressaillements d'amour pour ceux auxquels elle s'était dévouée. Il fallait qu'elle vécût encore de cette grande et belle vie qui lui avait été donnée. Oh! ce fut bien alors que je la crus sauvée, moi aussi; de ce moment il me sembla qu'elle nous était rendue; je la retrouvais au moral comme je l'avais vue sur la brèche, soldat vaillant, apôtre zélé d'une religion toute de dévoûment. Oui, j'espérais de toutes les forces de mon âme, et elle aussi espérait; elle partageait toute ma confiance. Ce mieux se soutint pendant plusieurs jours, et les deux derniers que je passai près d'elle, elle m'entretint constamment de son œuvre, de ses espérances, des joies et des douleurs de sa vie apostolique. « Je crois bien revenir à la vie, me disait-elle, car je sens mes forces renaître; mais comme nous ne pouvons jamais prévoir les décrets de la Providence, il se peut que le mal revienne plus fort au premier jour et que j'y succombe. S'il en doit être ainsi, recevez mes dernières paroles et faites que tous ceux qui m'ont aimée sachent bien que moi aussi je les ai aimés immensément, religieusement. L'amour et la foi qui m'animaient étaient toute ma force ; sans eux aurais-je été capable d'entreprendre la tâche que je m'étais imposée ? La pensée d'avoir aidé au salut prochain des travailleurs a été la plus douce, la plus heureuse qui soit entrée dans mon âme. Avec quel bonheur je me suis dévouée à la défense de leur sainte cause ! J'avais bien compris leur vie de souffrance et de douloureux martyre, j'avais senti tout leur mal, et ce que je voulais le plus fermement, c'était les aider à se relever et à vaincre les obstacles qui les empêchent de jouir d'un bonheur auquel ils ont droit. Avec la satisfaction d'accomplir ma grande et utile mission, une autre m'a été accordée aussi : celle d'avoir rencontré bien de nobles cœurs.

« Oh! qu'il y a de belles et de riches natures parmi le peuple ! Combien il en est chez lesquels l'amour pour tous est grandement développé et qui sont toujours prêts à faire acte de dévoûment ! Je suis certaine du salut des peuples, car je crois au progrès incessant, éternel, qui régit le monde ; et je suis persuadée que tant de vertus, tant de courageux efforts arriveront à le régénérer. — Si Dieu me rappelle à lui, c'est que j'ai accompli ma tâche ; que ceux qui ont dans le cœur *force et amour*, *intelligence et activité*, se mettent à l'œuvre. Que leur courage grandisse sans cesse ; qu'ils me remplacent, qu'ils travaillent avec la même ardeur qui m'a animée et soutenue dans mes jours de difficile labeur; qu'ils se persuadent bien que c'est pour l'être intelligent un devoir sacré à remplir que celui d'instruire ses semblables. Il doit à tous la science qu'il possède. Dieu, en la lui donnant, veut qu'il la communique à son tour. C'est une faculté créatrice dont il l'a doué; mais il ne lui en a pas fait don pour lui seul. Que ceux donc qui la possèdent, cette science, s'unissent pour la transmettre à leurs frères plus ignorants, afin que ceux-ci puissent à leur tour donner à d'autres ce qu'ils auront reçu. Assez de haines, assez de dissensions ont envahi le monde, ont enfanté l'égoïsme; qu'on leur oppose une digue puissante : *l'union et l'amour*. C'est par eux seuls que l'on pourra arrêter ce torrent qui ravage la société tout entière. Les despotes l'ont bien compris eux, et ils ont semé partout la haine et la division ; ils ont protégé, propagé même une guerre incessante, intestine, parmi ceux qu'ils voulaient opprimer, et d'un peuple de frères ils ont fait un peuple d'ennemis. Il est temps que leur odieuse tactique soit connue, il est temps surtout qu'elle soit déjouée, puisque chacun individuellement convient que l'oppresseur de son frère est le sien propre, que la cause de l'un est celle de tous. Dans la grande famille humaine tous les artisans sont des frères ; chacun des membres de cette famille emploie son activité à des travaux différents. Mais comme tous concourent au bien-être général, tous ont donc droit à une juste répartition de ce bien-être; c'est une somme de bonheur que la société leur doit en retour de ce qu'ils lui donnent. En se disant : nos intérêts sont les mêmes, ne doit-on pas se dire aussi : unissons-nous pour les défendre ? La victoire alors sera aux travailleurs ; et comme ils en connaîtront tout le prix, ils ne se la laisseront plus arracher. »

Tel était constamment le cours des pensées de Flora Tristan. Occupée uniquement de la mission qu'elle avait entreprise, je ne la vis pas un seul instant s'inquiéter de ses affaires personnelles. Toute sa vie était dans son œuvre, et son œuvre était toute d'amour pour ses frères, je dirai même pour ses enfants ; car ces grandes et riches natures qui sentent en elles la puissance de consoler et de soulager des infortunes si grandes et si nombreuses, possèdent cette puissance par l'amour dont elles sont animées, et c'est un amour filial plus encore que fraternel qu'elles inspirent.

Ce sentiment naît de la reconnaissance, de la confiance et de la sympathie. Celui donc qui inspire le plus d'amour est bien celui qui peut en éprouver le plus. On voit rarement des êtres froids et égoïstes faire naître des sentiments dont ils ne conçoivent pas l'existence et auxquels, par conséquent, ils ne croient pas eux-mêmes.

Lorsque de nouveau la violence du mal vint enlever à ses nombreux amis l'espérance qu'ils avaient un moment conçue, Flora Tristan comprit elle aussi que le terme de sa vie était arrivé, et elle resta calme en face de cette prévision d'une mort prochaine; c'est qu'elle l'envisageait comme l'instant d'un repos mérité par une existence active, souvent douloureuse, toujours bien dignement remplie. La pensée de laisser son œuvre inachevée lui causa quelques instants d'une tristesse bien vive; mais, se souvenant aussitôt des nobles créatures qu'elle avait rencontrées, des promesses qui lui avaient été faites, se souvenant surtout du dévoûment qui les avait dictées, elle attendit l'heure solennelle sans crainte comme sans faiblesse, en se répétant les paroles qu'elle avait dites aux travailleurs lorsqu'elle allait à eux : « Les idées germent et fructifient, elles ne meurent pas. »

Flora Tristan a cessé de vivre sans douleur et sans agonie, le 14 novembre 1844, à dix heures du soir. La vie l'a quittée peu à peu, si cela se peut dire; c'est par un affaiblissement gradué qu'elle est arrivée au terme de son existence; sa mort a été glorieuse et digne de sa mission d'apôtre. Elle a succombé en défendant les droits du prolétaire ou plutôt en les réclamant pour lui ; elle est morte en lui prêchant, par la parole et par les actes, la loi d'union et d'amour qu'elle lui avait apportée.

Avait-elle donc un pressentiment de l'avenir, en avait-elle la révélation quand elle disait aux ouvriers : « Ne faisons pas de personnalités ; aimons les hommes, mais aimons et servons surtout les idées qu'ils nous apportent quand nous les croyons utiles et justes. Les hommes s'usent et meurent à propager les idées, mais les idées restent debout et grandissent. Tout donc pour les doctrines, car en ne vous attachant qu'aux individus, s'ils vous font un jour défaut, vous retombez faibles et découragés ; et c'est justement quand l'homme succombe que vous devez être plus forts. »

Ouvriers, mes frères, portons souvent nos regards sur la noble et vaillante femme qui s'est si généreusement dévouée à notre cause. Que notre pensée nous la représente toujours active, alors qu'elle travaillait avec nous et pour nous. Qu'un si bel exemple nous soutienne et nous guide ; en face de lui nous oublierons la foule égoïste ; ou si nous nous souvenons d'elle encore, ce sera pour travailler à la combattre, ou plutôt à l'instruire dans une loi d'amour et de fraternité universelle, ainsi que le faisait Flora Tristan. Ne portons pas vers le ciel des regards voilés par les larmes, en cherchant encore, et pourtant sans espoir, cette étoile si belle que nous y avons vu briller, et employant les jours qui nous restent à demander pourquoi elle a si tôt disparu. Elle est rentrée dans le grand foyer de vie qui est tout, qui anime tout. Souvenons-nous qu'en nous quittant, elle nous a légué des travaux; c'est un héritage sublime que nous devons accepter avec bonheur. Fixons la terre, pensons à tous ceux qui souffrent, et entrons résolûment dans l'arène.

Les jours s'écoulent avec rapidité, les événements se succèdent sans cesse; ne perdons pas un temps précieux à regretter un passé qui est fini, tandis que nous ne devons ne nous le rappeler que comme un enseignement. N'épuisons pas notre énergie dans un vain désespoir, et ne nous reposons jamais dans une coupable insouciance.

Flora Tristan a fait beaucoup, mais il nous reste beaucoup à faire encore, et la part de travail qui nous est échue est bien belle aussi. Soyons ses dignes frères, ses dignes fils. Il faut *être utile*, c'est le plus grand bonheur qui soit accordé aux cœurs généreux dans cette époque aussi grandement créatrice. Que ceux d'entre nous qui ont déjà travaillé à l'œuvre de rédemption viennent achever leur tâche. Il faut que leur conduite soit un exemple et un encouragement pour leurs frères qui sont restés jusqu'à ce jour spectateurs inactifs de tant de travaux, afin qu'ils prennent à leur tour une résolution courageuse et sublime, qu'ils deviennent acteurs dans ce grand drame si animé qui se déroule à tous les yeux. C'est *une femme*, et une femme que sa position sociale mettait à l'abri du besoin, qui s'est identifiée à leurs souffrances; c'est elle qui est venue mêler ses larmes à leurs larmes, surexciter leur zèle en leur criant de sa voix puissante : « Sauvez-vous de l'ignorance et de la misère;

mais pour vous sauver, aimez-vous, *unissez-vous.* »

C'est bien à la femme qu'appartient cette tâche, car la femme est forte et grande quand elle obéit à la voix de son cœur. A la femme d'enseigner au monde la loi de fraternité religieuse ; à elle, qui est mère, de travailler à l'œuvre de dévoûment et d'amour.

A l'œuvre donc, travailleurs ; à l'œuvre et espoir et courage ; que tant de dévoûment reçoive une récompense digne de lui ; le découragement et le désespoir sont frères, ne les laissez jamais pénétrer dans vos âmes, car ils paralysent et tuent celles dont ils prennent possession, et aujourd'hui, plus que jamais, il vous faut être forts, courageux et persévérants.

Je joins ici quelques détails donnés par les journaux de Bordeaux sur la cérémonie des funérailles, puis les deux discours qui ont été prononcés sur la tombe, l'un par M. Lassime, avocat à la cour royale de Bordeaux, et l'autre par M. Maigrot, jeune ouvrier menuisier; enfin, quelques réflexions que cette mort a suggérées à la *Démocratie pacifique*. Elles sont l'expression d'une sympathie bien vive, et tous ceux qui ont aimé cette noble femme, seront heureux des hommages et des respects qui lui sont si justement accordés.

« Hier ont eu lieu les obsèques de madame Flora Tristan. Le convoi, parti de la maison mortuaire à dix heures du matin, se composait de quelques littérateurs, de plusieurs avocats et d'un grand nombre d'ouvriers appartenant à différents corps d'état.

« Les coins du poêle étaient tenus par quatre ouvriers, MM. Maigrot, menuisier; Nau, tailleur; Vié, ferblantier, et Bissuel, serrurier; le corps a été transporté à bras par les ouvriers, qui se sont relayés avec un pieux empressement, pour rendre ce dernier hommage à la noble et généreuse femme qui, jusqu'à la mort, s'est dévouée à leur cause.

« Trois discours ont été prononcés sur sa tombe, l'un par M. Vallée, tailleur; l'autre par M. Lassime, avocat à la cour royale, et le troisième par M. Maigrot, ouvrier menuisier.

« La carrière de madame Tristan fut courte et mêlée de bien des vicissitudes; elle est morte à l'âge de trente-neuf ans! Elle laisse plusieurs ouvrages, les *Pérégrinations d'une Paria; Méphis, le Prolétaire; Promenades dans Londres*, et enfin un petit livre destiné aux ouvriers et intitulé: *Union ouvrière*, qu'on peut regarder en quelque sorte comme son testament.

» Douée d'une ardente imagination, d'une

raison vigoureuse, d'une beauté remarquable et surtout d'un courage encore bien rare chez son sexe, madame Tristan a la gloire d'être la première femme qui, seule et sans le secours ou le conseil d'aucun homme, ait osé entreprendre une œuvre publique et sociale.

«Ses vues étaient pacifiques; touchée jusqu'au fond du cœur des misères de toute sorte qui menacent toujours l'enfance et la jeunesse des ouvriers et qui atteignent inévitablement la vieillesse, elle voulait leur révéler la force, la puissance, la richesse que peut leur donner l'association. « Vous
« êtes en France sept millions, leur disait-
« elle, associez-vous et contribuez chacun de
« deux francs seulement chaque année,
« vous aurez un revenu annuel de 14 millions!
« Avec cette somme vous ouvrirez des écoles

« à vos enfants, des asiles à vos infirmes, « des invalides à vos vieillards! »

« Cette pensée d'union, madame Flora Tristan avait entrepris, toute pauvre qu'elle était devenue, elle issue d'une des familles les plus riches du Pérou, d'aller de sa personne la prêcher aux sociétés d'ouvriers établies dans les diverses villes de France. Tel était le but du *Tour de France*, qu'elle avait commencé par Lyon, Marseille, Carcassonne, Toulouse et Agen, et sur la fin duquel une mort prématurée l'a frappée dans nos murs.

« Arrivée malade à Bordeaux, madame Tristan s'est alitée le 24 septembre; vers la fin d'octobre, un mieux sensible donna l'espoir d'une prochaine guérison; mais bientôt une rechute, que tout l'art des habiles médecins qui lui donnèrent leurs soins ne put conjurer, est venue l'enlever à ses nombreux amis.

« Elle est morte le 14 novembre, à dix heures moins un quart du soir !

« Que ce soit du moins une consolation pour tous ceux qui l'ont aimée et qui l'aiment encore, de savoir que les soins les plus tendres lui ont été donnés, et que jusqu'au dernier moment de sa vie des amis dévoués l'ont entourée de leur pieuse affection ! »

(*Indicateur*, 17 novembre.)

« Nous avons annoncé dans l'un de nos derniers numéros la mort de Mme Flora Tristan. Ses obsèques ont eu lieu samedi dernier avec une pompe simple et touchante. De nombreux ouvriers, auxquels s'étaient joints plusieurs hommes de lettres et quelques avocats de notre barreau, formaient le cortége. Les ouvriers n'ont point voulu laisser à d'autres bras le soin de transporter le corps de celle qui avait consacré sa vie à l'amélioration de leur sort.

« Nous reproduisons plus bas le discours prononcé sur sa tombe par M. Maigrot, ouvrier menuisier ; nous ne pouvons qu'applaudir aux sentiments qu'il exprime.

«Madame Tristan fut une femme éminemment distinguée ; jeune encore, car elle est morte à trente-neuf ans, l'expérience de la vie avait depuis quelques années donné plus de calme et de maturité à l'ardente imagination qui caractérise ses premières productions. Généreusement enthousiaste, elle avait fini par se tracer une noble tâche; elle voulait réaliser, mais par des moyens légaux et exclusivement pacifiques, l'union de tous les ouvriers : tel est le but de son dernier écrit, parvenu à sa troisième édition, et intitulé *Union ouvrière*. Ses *Promenades dans Londres* contiennent un tableau saisissant des misères hideuses qui rongent la société anglaise. Outre ces deux ouvrages, on a d'elle un roman, *Méphis*, et les *Pérégrinations d'une Paria*, publiés il y a neuf ans.

« Madame Tristan descendait du dernier vice-roi du Pérou ; sa beauté égalait son éloquence et son enthousiasme. »

(*Mémorial Bordelais*, 19 novembre.)

DISCOURS DE M. LASSIME, AVOCAT A LA COUR ROYALE DE BORDEAUX.

Messieurs,

Flora Tristan, c'est le nom de cette femme forte dont les restes viennent d'être confiés à la terre, de cette femme remplie de foi et d'intelligence, qui a consacré tout ce qui était en elle de courage et de force à constituer l'association générale des ouvriers. Elle avait vu les souffrances et les misères de cette portion si intéressante du peuple, et son génie profondément ému avait trouvé le remède que réclamaient et ces souffrances et ces misères, elle s'était dit en vrai apôtre : Il faut que mon œuvre s'accomplisse, il faut que, sans secousses violentes, les ouvriers sortent de l'état déplorable où ils sont plongés ; il faut qu'au moyen de l'association générale, ils forment partout des établissements pour y recevoir les ouvriers infirmes et blessés, et pour y élever les enfants des deux sexes. Dès ce moment plus de repos pour Flora Tristan ; elle poursuit son œuvre avec la plus ardente activité ; sa foi était vive et elle la communiquait aux plus indifférents ; elle était si puissante qu'il lui semblait à elle-même qu'une volonté étrangère la commandait, tant il est vrai que pour le génie il y a aussi une terre promise que lui seul aperçoit ! Elle marchait vers son but avec cet intrépide dévoûment qui ne connaît aucun obstacle. — Mais sa vie s'est usée par les fatigues incessantes du jour, par les méditations brûlantes de la nuit, par les périls, par les maladies qui ne pouvaient pas même suspendre le cours de ses travaux ; elle s'est usée surtout, cette victime, par les déceptions cruelles et les préventions injustes qu'elle a eu à souffrir. Enfin elle s'est éternisée à jamais !... Tous ces projets d'établissement, tous ces plans d'organisation seront-ils engloutis dans cette tombe ! Je ne sais ; mais que du moins une éclatante justice soit rendue à des intentions et à des vues qui attestent un si grand amour de l'humanité, et que le temps se chargera d'accomplir ; honorons de nos vifs regrets la mémoire de Flora Tristan, qui, pour tant de travaux entrepris dans l'intérêt des ouvriers et par conséquent de la société elle-même, n'attendait sa récompense que dans le ciel.

DISCOURS DE M. MAIGROT, OUVRIER MENUISIER A BORDEAUX.

Messieurs,

Permettez-moi d'exprimer au nom de tous les ouvriers notre douleur et nos hommages.

Madame Flora Tristan a été l'apôtre des ouvriers; pour nous elle a bravé les sarcarmes, les calomnies, et jusqu'à l'indifférence de ceux qui n'ont pas encore compris sa parole.

Ceux de nous qui ont eu le bonheur de la voir et de l'entendre savent quel ardent amour de l'humanité, quelle confiance en Dieu, quelle foi dans l'avenir animaient son cœur et sa voix.

Elle est morte, Messieurs, mais l'œuvre qu'elle a commencée ne périra pas avec elle.

Les germes qu'elle a déposés dans le sein du peuple porteront leurs fruits. Qu'elle revive en nous tous. Montrons-nous, à son exemple, forts, patients, actifs et courageux. Comprenons comme elle l'avait compris elle-même la puissance irrésistible de l'association pacifique. Soyons tous frères! Réalisons parmi nous l'union qu'elle nous a prêchée; et quand, avec l'aide de Dieu, le grand jour de l'association luira pour tous et pour toutes, parmi les noms des bienfaiteurs et des bienfaitrices de l'humanité, nous inscrirons, Messieurs, le nom révéré de Flora Tristan.

CIRCULAIRE ADRESSÉE A TOUS LES SOCIÉTAIRES DE L'UNION.

Mes Frères,

C'est avec l'expression de la plus vive douleur que nous vous apprenons aujourd'hui la désolante nouvelle de la mort de Flora Tristan, arrivée à Bordeaux vers la fin du mois de septembre dernier, après avoir essuyé toutes les fatigues d'un long et pénible voyage. Elle est tombée malade le lendemain de son arrivée, et malgré tous les soins qui lui ont été prodigués par des personnes dignes de la reconnaissance de tous ceux qui lui étaient dévoués, une mort cruelle est venue l'arracher de leurs bras, dans lesquels elle a rendu le dernier soupir, le 14 novembre.

Comprenant ce qu'elle avait souffert pour nous tous, travailleurs de tout état, de toute condition, et que sa mort même, causée par l'excès de ses fatigues, était le dernier sacrifice qu'elle a fait à notre cause, nous avons senti qu'elle était digne de notre amour, qu'elle était notre sœur en l'humanité, et nous nous sommes empressés de lui rendre les derniers honneurs. Nous étions à ses funérailles à peu près quatre-vingts ouvriers de divers états; à nous s'étaient joints des avocats, des littérateurs qui méritent bien nos remercîments et notre affection.

Frères, ne comprenez-vous pas, comme vos frères de Bordeaux, que la mort de Flora Tristan ne doit pas interrompre l'œuvre qu'elle a commencée, et que, plus que jamais, les ouvriers doivent s'unir sur son tombeau pour cimenter cette union. Voici ce que nous proposons :

1° Etablir, au nom des ouvriers français, une souscription volontaire à laquelle pourront prendre part tous ceux qui voudront honorer la mémoire de Flora Tristan, et qui aura pour but de faire couler sur la matrice que nous avons déjà fait établir, le buste de celle que nous regrettons, à un assez grand nombre d'exemplaires pour que dans chaque société où fut comprise sa généreuse pensée, cette image précieuse soit un témoignage éternel de reconnaissance.

2° D'acheter dans le cimetière de la Chartreuse, à Bordeaux, un terrain sur lequel on élèvera un monument au nom des ouvriers qui témoigneront de la sympathie et du dévoûment pour rendre ce beau projet réalisable.

Nous aimons à croire, Frères, que les sociétaires de *l'Union* ne seront pas sourds à l'appel de leurs frères de Bordeaux, et que nous contribuerons tous à immortaliser le nom et la mémoire du plus vertueux champion de notre cause, de notre digne sœur en l'humanité, *Flora Tristan.*

Nous avons ouvert la souscription à Bordeaux, chez M. Darrieux, notaire, Fossés de l'Intendance, 27, où l'on peut envoyer les fonds. Plus tard une commission sera nommée pour déterminer la forme et les dimensions du monument.

Nous comptons sur votre désintéressement et nous vous saluons avec l'affection de vos plus dévoués frères de l'*Union.*

Vu et approuvé par nous, membres du bureau général de Bordeaux :

Le président, G. L.; MAIGROT, *secrétaire*; BISSUEL, *trésorier général;* VIET, *adjoint;* MAIGROT jeune.

Parmi les journaux de Paris qui ont annoncé la mort de Flora Tristan, j'ai choisi, pour le reproduire ici, l'article de la *Démocratie pacifique.* Ces quelques lignes consacrées à la courageuse apôtre sont pour elle l'hommage d'une éclatante justice.

« Nous annonçons avec douleur la mort de madame Flora Tristan qui vient de succomber à Bordeaux, après une longue et douloureuse maladie, entre les bras d'amis qui lui ont prodigué, jusqu'au dernier moment, des soins pieux, et après avoir reçu de beaucoup d'ouvriers de divers points de la France les témoignages les plus touchants d'intérêt et de dévoûment. Elle a rendu le dernier soupir jeudi dernier, à dix heures du soir. Sa mort a été calme et paisible; quelques sanglots seulement l'avaient agitée vers neuf heures.

« C'était un noble cœur que madame Tristan! Elle est tombée sur la brèche; elle a poursuivi jusqu'à Bordeaux ce *tour de France*, si courageusement entrepris, où elle a parlé à tant d'ouvriers *d'union* et *d'organisation du travail*, et dont les ardentes et généreuses fatigues l'ont tuée. Honneur à cette femme tombée victime d'une conviction sainte, et qui se jetait en avant, suivant sa propre expression, en *vedette perdue* de l'armée sociale, pour reconnaître et éclairer le terrain! Ce dévoûment hardi et puissant, cette noble témérité, ce rude apostolat terminé par une mort de martyre, étaient une anomalie étrange dans un siècle égoïste, qui ne comprend pas les ardeurs d'une foi généreuse, et qui n'y répond trop souvent que par l'ironie ou l'outrage. Que la mort cruelle à laquelle la victime vient de succomber enveloppe du moins sa mémoire du linceul de respect auquel elle a droit, que les cœurs sympathiques aux douleurs de l'humanité communient avec nous, sur la tombe qui va se fermer, dans un sentiment de pieux et religieux hommages ! »

Quelques jours après, le même journal ouvrait une souscription dans ses bureaux. Voici l'annonce qu'il en fit :

UNE TOMBE POUR L'AMIE DU PAUVRE.

Des ouvriers de Bordeaux nous font savoir qu'ils ont eu l'honorable idée de consacrer un tombeau à la femme généreuse qui s'était vouée tout entière à la cause des classes ouvrières, à madame Flora Tristan, morte dans l'accomplissement de sa religieuse mission. Nous nous associons de grand cœur à cette œuvre de piété fraternelle.

Aimons et honorons ceux qui moururent pauvres en se dévouant aux pauvres, et que leur âme, retournée au monde supérieur, se réjouisse de l'hommage rendu après la mort. Cet hommage lui-même est une garantie pour un avenir plus heureux. Que ceux, dont madame Tristan rêvait l'union, donnent leur obole et s'unissent dans un souvenir de reconnaissance ; cette communion pieuse excitera dans le cœur de saintes et fécondes émotions. C'est dans l'union des cœurs que l'on trouve les forces nécessaires pour réaliser les conceptions de la science, l'association, qui mettra fin aux souffrances du pauvre, et qui unira par des liens fraternels toutes les classes réconciliées.

Une souscription est ouverte, à Bordeaux, chez M. Maigrot, ouvrier ébéniste, cours d'Albert, 61, et rue des Fossés de l'Intendance, 27, chez M. Darrieux, notaire, qui s'est obligeamment chargé de recevoir les fonds.

C'est à eux que les collectes des amis des classes pauvres doivent être adressées. On pourra aussi déposer les offrandes dans les bureaux de la *Démocratie pacifique*. L'obole de l'ouvrier sera reçue, car il ne s'agit pas ici d'une souscription fastueuse, mais d'un témoignage de sympathie et de reconnaissance.

L'appel d'un ouvrier à ses frères pour l'érection d'un monument à la mémoire de Flora Tristan a été entendu. Indépendamment des souscriptions faites parmi les différentes sociétés de compagnonnage on en a ouvert dans plusieurs grandes villes. Après Paris et Bordeaux, Lyon, Marseille, Toulon, Avignon, etc., se sont empressés de s'unir à ceux qui avaient pris l'initiative.

ON SOUSCRIT :

A Lyon, chez M. Blanc, rue Luizerne, 7 ;

Chez M. Lardet, cours des Tapis, 1 (Croix-Rousse) ;

A Marseille, chez M. Agénon, négociant, rue Marengo, 7.

La Guillotière, Impr. de J.-M. Bajat, rue des Trois-Rois

www.ingramcontent.com/pod-product-compliance
Ingram Content Group UK Ltd.
Pitfield, Milton Keynes, MK11 3LW, UK
UKHW021223230726
13926UKWH00003B/1200

9 782016 144503